Das Märchen vom Neujahrskucnen

Es war einmal vor langer Zeit, da herrschte im Bentheimer Land ein mildtätiger Fürst. Er wohnte im Gräflichen Schloss zu Bentheim und regierte mit weiser Hand. Er sprach Recht, und Verbrecher, die großen Frevel begangen hatten, wurden hart bestraft. Er hatte im Schloss ein Verließ, und wer da hinein geworfen wurde, war für immer verloren. Aber er hatte nie das Ansinnen irgendeinen Frevler dort hinein zu werfen. Der Frevler wurde nur nach seiner gerechten Strafe von Dannen gejagt. Die Bauern und Handwerker gaben ihm stets den Zehnten, denn sie wussten, dass der Graf mit seinen Soldaten sie vor Feinden beschützte. Von dem Rest konnten die Untertanen gut leben. Sie bestellten fröhlich ihre Äcker und gingen flugs ihr Handwerk nach. Der Graf hatte auch einen Fürstlichen Jäger, der das Sagen über die Jagd und die Holzwirtschaft hatte. Aber der junge Jäger hatte noch keine Gemahlin gefunden. Als im Sommer das große Schützenfest in Bentheim begann, beschloss der Jäger dort hin zu gehen, um vielleicht eine schöne junge Frau zu treffen. Die Stadt war festlich in den Landesfarben gelb rot mit kleinen Fähnchen geschmückt. Auf dem Festplatz war an einem Mast ein hölzerner Adler befestigt, worauf die Schützen einen Schuss abgeben konnten. Alle .Männer, die ihre Waffe mitgebracht hatten, schossen nun auf den Vogel. Aber die Regel war, wer mit seinem Schuss den Vogel zum runter fallen brachte, musste das ganze Bier, welches auf dem Fest getrunken wurde, bezahlen. Zuletzt blieben immer nur einige reiche Bürger und Bauern und der Fürst übrig. Es kam oft vor, dass der Fürst selbst den Vogel zu Fall brachte und den letzten Schuss abgab, um seinen Untertanen das Bier zu spendieren. Der Jäger hatte noch eine Kugel im Lauf, aber er wollte nicht auf den Vogel schießen, denn der Fürst verlangte noch nach Wildbrett. Er wollte am nächsten Tage mit der Kugel noch einen Hirschen im Bentheimer Wald die Kugel antragen, und dem Fürsten den Hirsch aufs Schloss bringen. Der Fürst nämlich, machte am Tage nach dem Schützenfest immer auf seinem Schloss im Rittersaal ein großes Gelage, für die reichen Bürger, Kaufleute und Bauern, die er dann vortrefflich bewirtete. Der Jäger lief auf dem Festplatze umher und erblickte eine Magd, die Butterbrote zum Kauf feilbot. Sie hatte ein kunstvoll besticktes Kleid an, und trug eine schwarze Schürze. Ihr rotblondes Haar leuchtete hell in der Sonne. Der Jäger fragte sie nach ihrem Namen und die Magd sagte ihren Namen, machte einen Knicks und bot ihm die Butterbrote feil. Er nahm ein Butterbrot und gab ihr einen Heller. Dann setzte er sich an einen Tisch, der auf dem Festplatze stand. Eine andere Magd servierte ihm ein Bier. Er trank das Bier und aß das Butterbrot. Die Magd, die ihm das Butterbrot feilgeboten hatte, hatte ihm gut gefallen und er beschloss zurück zu gehen und sie nach einem Tanze zu fragen. Die Magd willigte ein, sagte aber, sie müsse erst ihre Butterbrote feilbieten und würde dann gerne mit ihm Tanzen. Der Jäger vertrieb sich die Zeit mit Rauchen aus seiner Pfeife und wartete bis alle Butterbrote verkauft waren. Dann gingen sie zu dem hölzernen Podest zum Tanze. Die Musik spielte auf und sie bewegten sich zum Tanze. Sie erzählten sich von Gott und die Welt, lachten scherzten und tanzten bis tief in Nacht, bis sich das Fest dem Ende neigte. Der Jäger fragte, wo sie denn wohne und ob sie sich wiedersehen könnten. Sie sagte, dass sie in Suddendorf wohne und der Jäger sagte ihr, er wohne in Eilerings Forsthaus. Dann hätten sie ja den gleichen Weg. Sie gingen den Weg über den Bentheimer Berg und Die Magd erzählte von sich. Ihr Vater wäre früh gestorben und sie und ihre Mutter würden sich in ärmlichen Verhältnissen durchs Leben schlagen. Sie hätten ein Stück Garten und das Geld, was die Mutter beim Bauern verdiene, reiche immer nur für den Metzger. Sie hätten kein Geld für die Schule gehabt, aber der Pfarrer hätte ihr schreiben, lesen, und rechnen beigebracht. Der Pfarrer hätte ihr auch das Wort Gottes aus der Bibel beigebracht. Sie hatte von ihm ein Zeugnis bekommen, welches sie dazu berechtigte, die hohe Schule in Burgsteinfurt zu besuchen. Aber dazu hätten sie beileibe kein Geld. Aber Ihre Mutter hätte ihr Kochen beigebracht und die Kunst des Nähens und des Stickens. An der Abzweigung des Weges, wo es zum Forsthaus ging, trennten sie sich. Sie gaben sich einen Abschiedskuss und sie verabredeten sich an einem geheimen Ort für den nächsten Tag. Zu Hause erzählte das Mädchen von dem Jäger und dass sie sehr verliebt in ihn war. Er hatte ihr noch keinen Heiratsantrag gemacht, aber sie wollten sich morgen Nachmittag wiedersehen. Die Mutter war froh, ihre Tochter so glücklich zu sehen und sagte, dass sie als Mitgift sämtliche Kochutensilien bekäme und das Nähzeug. Sie solle fortan für ihren Mann das Essen bereiten und ihr ein wenig davon vorbei bringen. Zum Dank dafür wolle sie weiter den Garten bestellen und ihre zukünftige Familie mit frischem Gemüse beliefern. Sie gingen schlafen und die Mutter freute sich, und war glücklich, dass ihre Tochter so eine Bekanntschaft gemacht hatte. Ihr Lebensabend war gesichert, denn der Jäger würde seine Familie immer mit frischem Wildbrett versorgen können. Am Nachmittag des nächsten Tages ging die Magd zu der verabredeten Stelle im Wald, wo sie sich mit dem Jäger treffen wollte. Sie legte sich in der Sonne auf der Lichtung ins Gras und wartete. Sie hatte wieder ihr schönes Kleid angezogen und es dauerte nicht lange da kam ihr Geliebter. Er setzte sich zu ihr und sie unterhielten sich. Dann fragte er die Magd, ob sie seine Frau werden, und fortan mit ihm leben wolle. Das Mädchen war glücklich, fiel ihn um den Hals und sie liebten sich. Als die Sonne im Westen rot am Himmel stand, ging der Jäger mit ihr zu der alten Kate, wo sie wohnten. Die Mutter ließ sie ein, und die Magd stellte den Jäger als ihren Bräutigam der Mutter vor. Die Mutter bot dem Jäger einen Stuhl am Tisch an, der vor ihrem einzigen Fenster stand. Sie holte drei kleine Gläser und ging in den Keller, um den Kräuterbrand zu holen, der gegen allerlei Zipperlein hilft. Sie schenkte den Kräuterbrand in die kleinen Gläser und sie stießen auf das junge Paar an. Das junge Paar verabschiedete sich von der Mutter und sie gingen zusammen zum Forsthaus, wo sie in Zukunft gemeinsam leben wollten. Die Mutter brachte ihr am nächsten Tage die Mitgift und die Kleider mit ihren Leiterwagen. Am nächsten Sonntag gingen sie alle zur Kirche und der Pfarrer erteilte ihnen den Segen. Die Magd kochte fortan für ihren Mann die köstlichsten Gerichte, nicht ohne ihrer Mutter davon vorbei zu bringen. Es wurde Herbst und die Magd ging in den Wald und sammelte fleißig Nüsse, Pilze und Beeren für den kommenden Winter. Sie bastelte aus Stroh Sterne für den Weihnachtschmuck. Kurz vor

Weihnachten ging das junge Paar zum Markt und kaufte noch Glaskugeln und allerlei Schmuck für den Weihnachtsbaum. Dann ging der Jäger noch auf die Jagd und brachte seiner jungen Frau ein prächtiges Wildbrett für den Weihnachtsschmaus. Die Magd ging zu ihrer Mutter und lud sie ein, das Weihnachtsfest mit ihnen ihm Forsthaus zu feiern. Am heiligen Tag schmückte die Magd das Haus festlich und bereitete das Mahl. Ihr Mann kam von der Jagd und sie hatte Kuchen und Brot für ihn gebacken. Das ganze Haus wurde festlich mit Kerzen erleuchtet. Als ihre Mutter kam, setzen sie sich an der festlich gedeckte Tafel, genossen das Mahl und tranken vom dem roten Wein. Dann setzten sie sich zum Weihnachtsbaum in der festlich geschmückten Stube und sangen die alten Lieder. Sie knackten die Nüsse und unterhielten sich über dies und das. Spät am Abend gingen sie zur Kirche nach Schüttorf und legten sich danach zufrieden zu Bett. Nach Weihnachten kam die Zeit der großen Treibjagden und der Jäger hatte viel zu tun. Grafen und Fürsten kamen von weit her und ritten in ihren prächtigen Gewändern durch Wald und Flur. Die Bauern der Gegend durchstreiften zu Fuß den Wald und trieben ihnen auf Geheiß des Jägers das Wild zu. Am Abend kam der Jäger abgeschlagen durch die viele Reiterei hungrig nach Hause. Seine Frau wollte ihn an diesem Tage etwas ganz besonderes kochen, aber es war misslungen. Sie wollte ihm die leckeren Neujahrskuchen, die in der Grafschaft um die Jahreswende gebacken werden, bereiten. Aber der Teig war misslungen. Ihre Mutter hatte ihr das Rezept nämlich nicht verraten. Sie sagte immer nur, dass wirst du selber rausfinden. Sie wusste nur, dass dieser Teig aus 1 Teil Mehl, 1Teil Wasser und 1 Teil Zucker bestand. Sie hatte also Wasser gekocht den Zucker darin aufgelöst und das Mehl langsam zugegeben. Aber es war ein Brei entstanden, der aber kein Teig war, den man in die Kucheneisen, die sie von der Mutter als Mitgift bekommen hatte, einfüllen konnte. Aber ihr Mann aß den Brei und es schmeckte ihm köstlich und lobte seine Frau. Sie gingen gesättigt zu Bett und am nächsten Tag versuchte die Magd es nochmal. Aber diesmal rührte sie das Mehl kalt ein und ließ es einem Tag stehen. Am nächsten Tag versuchte sie mit den Kucheneisen im Feuer die köstlichen Neujahrskuchen zu backen. Es ging, und sie backte den ganzen Tag. Abends kam der Jäger von der Treibjagd zurück, und sie servierte ihren Mann die Neujahrskuchen mit geschlagener Sahne. Dem Jäger schmeckten die Kuchen vorzüglich und er erzählte ihr, dass die Jagd jetzt beendet sei und sie nun frei von aller Arbeit die Jahreswende feiern könnten. Die Mutter wurde zu dem Feste eingeladen und es gab ein fröhliches Fest. Zu Mitternacht schoss der Jäger mit seiner Büchse in den Himmel und sie legten sich bald schlafen. Die Eheleute führten ein glückliches Leben und bekamen viele wohlgeratene Kinder.

Die Hexe von Ohne

Zu der Zeit, als es noch Hexen im Land gab, war in Ohne eine alte Brennerei. Die Leute aus Ohne erzählten sich so allerlei von dem alten Gebäude und gingen abends ängstlich und mit schnellen Schritten an dem Bau vorbei. Denn in der Brennerei spukte es. Jeder Knecht, der nachts das Feuer hütete, lag morgens zerkratzt und tot vor dem Feuer. Das versetzte ganz Ohne in Aufruhe. Man erzählte im Dorf fast nichts anderes mehr als von der Spukerei in der Brennerei, und keiner wollte mehr das Feuer hüten. Da kam eines Tages ein pfiffiger Geselle, der auf der Walz war, und die Ungezogenheiten der Welt kannte, nach Ohne. Der Meister der Brennerei bot ihm doppelten Lohn, und der Geselle sagte zu, das Feuer nachts zu hüten. Die Lampe in der

Brennerei brannte und der Geselle hatte einen dicken Mantel gegen die Kälte an. Er setzte sich vor dem Feuer und summte ein Liedchen vor sich hin. Dabei guckte er rund um sich her und in allen Ecken. Gegen Mitternacht kam eine schwarze Katze aus einem Loch in der Ecke. Er nahm die Katze und setzte sie vorm Feuer und sagte „Katze komm und wärm dich" Dann fragte er sie, ob da noch mehr kommen Die Katze miaute. Das sollte wohl heißen „Ja, Ja". Eine Katze nach der anderen kam durch das Loch und setzte sich ans Feuer. Zuletzt waren es sechs Katzen. Als es vom Kirchturm Zwölf Uhr schlug, hörte der Geselle ein rasseln von Ketten und eine dicke schwerfällige schwarze Katze kroch durch das Loch. Sie hatte große glühende Augen. Der Geselle hatte auch jetzt keine Angst und setzte sie ans Feuer und sagte:

„Katze komm und wärm dich" Er fragte die Katzen nun, ob sie jetzt alle da seien. Er hörte diesmal kein miauen. Schnell stieg er die Treppe hoch, nahm den Schepper und goss über die Katzen kochendes Wasser. Die Katzen stoben auseinander und verkrochen sich wieder durch das Loch in der Ecke. Bloß die dicke Katze blieb sitzen. Er nahm nochmal einen Schepper mit kochenden Wasser und übergoss sie nochmal. Die Katze mit den glühenden Augen sah ihn giftig an und verschwand auch durch das Loch in der Ecke. Jetzt war alles ruhig und es rührte sich nichts mehr. Den anderen Morgen ging der Meister zu seinem Brennkessel und sah nach seinen Gesellen. Er erwartete das schlimmste. Aber zu seiner Freude kam der Geselle ihm in der Tür entgegen. Der Meister fragte ihn, wie es ihm ergangen sei. Der Geselle erzählte, dass er

Besuch von Katzen gehabt, und er sie mit kochendem Wasser übergossen hatte. Der Geselle fragte nach seiner Frau, und er sagte, dass seine Frau noch schliefe. Der Geselle riet ihn, seine Frau mal genau zu besehen. Der Meister ging in das Schlafgemach und bemerkte, dass ihr Rücken ganz verbrannt war. Das machte im Dorf schnell die Runde, dass des Braumeisters Frau gespukt hatte. Sie kam in die Wippe(Käfig) und wurde in der Vechte eine Zeit lang damit unter Wasser gedrückt. Sie gestand dass sie gespukt hatte. Daraufhin kam sie auf den Scheiterhaufen und wurde verbrannt. So wie es mit Hexen zu der Zeit üblich war.

De´ Hexe van Ohne

Too de´ Tied, as dat noch Hexen in´t Land gaff, wass in Ohne ne` oale Brennereij. De´ Lööde van Ohne vetellden sik soa allerlei van denn oalen Bau un göngen oabends schoij un met gaue Tratte an em vebie. In de´ Brennereij wassd nömlik an´t spööken. Jede Knecht, dé s´nachens denn Kettel stokken soll, lagg altied ´n annern Monnen tekleid un doat föar´t Füür. Dat vesettde heel Ohne in Uppruhr. Man vetellde in´t Dörp boale nicks anners mehr, as van dé Spöökereij in´t Brauhuus, un keeneene woll mehr s´nachens dat Füür in´n Kettel schüüren. Dor kamm eens Dages nen plietschen Gesell, de´ up de` Walz wass, un de´ Undöngde van´ne Werld kennde, noa Ohne. De´ Baas van´t Brauhuus böa em düppelten Lohn, un denn Gesell sä too, un döa Oabends dat Füür hööden. De´ Lampe in´t Brauhuus brannde, un denn Gesell ha nen dicken Mantel tögen de` Külte an. He´setde sick vöar´t Füür un summde n´Liedken vöar sick hen. Dorbie käk he´ rund üm sick too in alle Hööker. Middle in ne`Nachte quamm ut´n Lock in´n Hook sachte ne` schwatte Katte hervöar. He´ namm de´ Katte, setde se`vöar´t Füür un sä: „ Misken, kumm un wöarm di!". Dann froagte he´, „Kümmt noch mehr?" De´ Katte miaude,` dat sull wall soavul hetten „ Joawall, joawall". Eene Katte noa de´annern kamm döar dat Lock un he´ setde se` alle an´t Füür. Ann´t lessde wadden et sess Katten. As`t van´n Öhnschen Torn Twelf Uhr schlöag, hörde he´ wat rasseln van Kedden, un ne `dicke schwoarfällige schwatte Katte kamm dör´t Lock. Se´ ha groote glöhnige Oagen. De´ Gesell ha ock nu´ kin Schrick un settde se` vöar´t

Füür too de´ annern Katten un sä:
„Misken, kumm un wöarm di". He´froagte nu, off alle Katten door wassen. He´höarde düttmoal kin mijauen. Gaue stääg hé de`Trappe hoag, nöam denn Schepper un göat öwwer de ´Katten kockend Water. Öwwer de´ dicke Katte dat meeste. De´ Katten stöaben ut´ n nanner un kröapen weer dör´t Lock in´n Hook. Bloas de ´dicke Katte met de´ glöhnigen Oagen sat de` noch. Noch es moal namm hé denn Schepper met kockend Water, un göat et de´ Katte öwer´n Kopp un Balge. De´ Katte sach em giftig an, un vekröap sik ock döar dat Lock in´n Hook. Nu wass alles ruhig un nicks röarde sik mehr. Annern Monnen göng de´ Baas noa´t Brauhuus un käk noa denn Gesell. He´ vewochte dat schlimmste. Menn too seine Bliedschupp kamm em denn Gesell in´ne Döre te`mööte. Denn Baas froagte em, wu´t em goan wass.

Denn Gesell vetellde, dat he´
Besöök van de´ Katten had ha, un
se` met kokkend Water
öwwergotten ha. Denn Gesell
froagte denn Baas noa seine Frau,
un denn Baas sä, dat siene Frau
noch schlöap. He´ sä , dat he´ siene
Frau men genau bekieken soll.
Denn Baas göng noa seine Frau
in´ne Schoapkamer an´t Berre un
bekääk se` sik. He´stellde faste, dat
se` in´n Nacken un up´n Puckel heel
vebrannt was. Dat möak in´t Dörp
gaue de `Runde, dat denn Braubaas
seine Frau dat Spook west was. Se´
kamm in´ne Wippe un wöa unner
Water dümket. Se´gestönn, dat se`
spöökt ha. Dorup hen kamm se`
up´n Scheiterhaufen un wöa
vebrannt, soa at dat met Hexen too
de´ Tied Gang un Gäve wass.

Die Dohle Abraxa

Abends wenn die Dohle Abraxa mit den anderen Dohlen aus ihrer Gemeinschaft auf den Schlafbaum bei der großen Kirche saßen, wurde sie von ihren Brüdern und Schwestern oft geärgert, weil sie nie etwas zu erzählen wusste. Sicher wisst ihr wohl, dass die Dohlen aus der ganzen Gemeinde sich das neuste, was sie so am Tage erlebt haben, abends vorm schlafen gehen, erzählen. Manchmal bekamen sie dabei auch Streit und flogen zu den Lindenbäumen beim Friedhof. Dann ging der Ärger von vorne los und sie flogen wieder zu den Bäumen bei der Kirche. Aber so sehr Abraxa auch überlegte, sie konnte ihren Brüdern und Schwestern nie etwas neues erzählen. Eines Tages, an einen schönen warmen Sommertag, saß sie auf einer grünen Wiese, auf der einige Pferde liefen. Lustlos pickte sie in einen Haufen Pferdeäpfel herum auf der Suche nach Würmern. Auf einmal stand ein kleiner Junge bei ihr und warf ihr ein Stück Brot vor die Füße. Das schmeckte leckerer als ein großer Regenwurm. Der Junge warf ihr noch ein Stückchen hin und sie schluckte es gierig runter. Die Dohle Abraxa dachte so bei sich, das es wohl einer von den guten Menschen sein musste. Die anderen Menschen warfen ihr immer nur Steine nach. Und sie überlegte nicht lange, und flog bei dem Jungen auf den Arm, und ging mit ihm zusammen nach Hause. In seinem Elternhaus, es war ein kleiner Bauernhof, kam seine kleine Dohle in ein Gehege, die der Junge eigentlich für Tauben gebaut hatte, um Tauben zu halten. Jetzt war Abraxa alle Sorgen über das tägliche Essen los, denn der Junge fütterte sie gut. Über Tag durfte sie umher fliegen nur abends musste sie wieder in ihr Gehege. Sie flog nicht mehr abends zu ihren Brüdern und Schwestern. Da wurde sie ja doch nur wieder geärgert. Eines Tages saß Abraxa schön in der warmen Sonne auf einem Ast auf den alten Pflaumenbaum, der schon lange auf dem Hof stand. Der Opa des Jungen, der in der Scheune wollte, um Futter für die Pferde zu holen, musste aber da unter den Pflaumenbaum durch. Er hatte schöne weiß gescheuerte Holzschuhe an. Abraxa fand das Geklapper der Holzschuhe sehr interessant. Sie flog auf die Erde, und versuchte in die Holzschuhe zu picken. Aber dabei pickte sie den Großvater auch in die Hacken. Das fand der Großvater nicht so angenehm und holte sich einen Eimer Wasser und übergoss die kleine Abraxa mit Wasser. Das war zu viel für Abraxa. Sie schüttelte sich das Wasser aus den Federn, krakte nochmal ihr kra kra und flog wieder zurück zu ihren Brüdern und Schwestern. Aber abends als die anderen Dohlen sich wieder was erzählten, hatte sie auch was zu erzählen. Sie erzählte von der Zeit, wo sie bei den Menschen gewesen war. Sie erzählte, dass es gute und schlechte Menschen gab, und Menschen die kleine Dohlen Wasser über den Kopf gossen. Solche Geschichten wollten die anderen Dohlen gerne hören. Seitdem hatte Abraxa immer was zu erzählen und niemals haben die anderen Dohlen sie wieder geärgert.

Dé Koah Abraxa

Oabens wann de´ Koah Abraxa mett de´ annern Koahen ut eehre Gemenschupp up denn Schloapboam bi de` groate Kerke satt, wöa se` van eehre Bröars un Süsters faken ploaget, ümdat se` nicks te` vetellen wüss. Seker weet i wall, dat de´ Koahen ut de` heele Gemeende sick dat naiste, wat se´ soa an´n Dag beläwwet had´n, Oabends vetellden. Manks krägen se`sick ock doarbie bi de` Köppe un flöagen dann noa de´ Linnenböame bie´n Kerkhoff. Door göng dann dat Schoandoal van vörne loss, un se´ flöagen weer trügge noa de` Kerke. Soa harre at Abraxa ock överleggte, sé konn eehre Bröars un Süsters noit watt naijes vertellen. Eenes Dages, an nen moijen warmen Sommerdag sat se`up ne` gröne Weide, woar ne` heele riege Päere löapen. Ohne vul Pleseer pröckelte se`, up de` Sööke noa watt lekkers te fretten, in nen groaten Büld Päereappel herrüm. Up´n moal stönn door sonn hennig Jüngesken vör eehr, un schmät eehr n´ Stücksken Broat för de` Fööte. Dat schmöak noch better as denn fettesten Pieleworm. Dat Jüngesken schmät eehr noch n´ Stücksken henn un se´ schlöak et gierig runner. De´ Koah Abraxa dachte soa bi sick, dat dat wall eene van de´guden Menschchen wehr´n moss. De´ annern Menschchen schmäten eehr altied bloass Sandkluten of Steene noa. Un se´ overleggte nich lange, flöag bi dat Jüngesken up´n Arm, un göng met em tehope noa Hus. In Huuse, et was sonn´n hennigen Burenhoff, kam usse Koah in ne`Kaue, de´ dat Jüngesken egentlik för Duben baut ha, de´ he´ hebben woll. Nu wass Abraxa alle Sörgen üm dat dagessche Fretten quit. Öwer Dag droff se` altied ümtoo fleegen, bloass Oabens moss se` weer in eehre Kaue. Un se´ flöag nich mehr in´t Stadt noa eehre Bröars un Süsters. Doar wöa se`ja doch bloass ploaget. Eenes Dages satt de´ Koah Abraxa moij in de`warme Sunne up nen Toog van denn oalen Prumenboam, de´ al lange up n´ Hoff stönn. De´ Groatvader van dat Jüngesken, dé noa de`Schüüre woll, üm Foar för de`Peere te` halen, moss ja doar unnerlangs. He´ ha moij witt geschüürte Holsken an, un Abraxa fünn dat geklapper van de´ Holsken heel interessant. Sé flöag up de` Grund, un vesochte in de´ Holsken te` picken. Men doar bie pickte se` usse Groatvader döar de` Söcke in ne` Hacken. Dat fünn Groatvader nu heelmoals nich moij. He´halde nen Ömmer vull koald Water un kippte eehr dat Water över n´ Kopp. Dat wass te` vull för de´ Koah Abraxa un se´ schudde sick, soa dat dat Water ut eehre Feehren flöag, kraakte noch n´ paarmoal eehr Kra Kra, un flöag weer trügge noa eehre Bröars un Süsters up dé Baöme bi de` Kerke. Men aobends, as de´ Koahen sick up eehren Schloapboam weer watt vertellden, konn se´ock watt vetellen. Se´vetellde van de´ Tied, woar se´ bi dé Lööde west was. Se´ vetellde eehre Bröars un Süster, dat et gude un schlechte Menschen gaff, dé kleine Koahen Water öwer ´n Kopp göaten. Sökke moije Geschichten woll´n de´ Koahen gerne hören.Van doah an ha Abraxa altied watt neijes te` vetellen. Dé annern Koahen löaten se`tefredde un noit hef eehr weer eene ploaget.

Ein schönes Geburtstagsgeschenk

Als ich Kind war, wollte ich meinem Spielkameraden etwas zum Geburtstag schenken, denn er hatte Geburtstag. Also ein Sikuauto sollte es sein, die sammelte er genauso wie ich. Aber mit einem solch kleinen Geschenk würde ich ja keinen großen Eindruck machen. Ich wollte es groß einpacken. Wie der Zufall es wollte, hatten wir gerade einen großen Karton von Quelle mit Bettwäsche bekommen.Aber ein kleines Sikuauto in einem solch großen Karton würde er ja auch sofort finden. Ich legte also das Sikuauto hinein und holte noch einen Backstein und einen Brikett, so dass es schön schwer wurde. Den Rest verfüllte ich mit Heckenblätter wo die Dornen noch dran waren und Blätter und Heu und Stroh. So war das eigentliche Geschenk schwer zu finden. Ich machte den Deckel drauf und knotete auch noch Drachentau drum herum mit vielen Knoten versteht sich. Damit ging ich nachmittags zu meinen Freund und er freute sich sehr, dass er so ein großes Geschenk bekam. Ich stellte ihm eine Bedingung. Er müsse erst alle Knoten mit der Hand aufmachen. Das tat er dann auch und ich hatte viele Knoten gemacht. Als er dann soweit war und den Deckel aufmachte wunderte er sich nicht schlecht. Es war nur Heu, Stroh und Heckenblätter und war sehr enttäuscht. Ich munterte ihn auf, und sagte er solle nur weitersuchen. Er würde wohl was finden. Er räumte alles aus und fand zum Schluss das Sikuauto. Es war ein Trecker. Den hatte er noch nicht, und er freute sich sehr.

In Schüttorf sagt man Mahlzeit

Als ich so Zwölf Dreizehn Jahre alt war, musste ich in den Sommerferien immer meinem Vater das Mittagessen in die Fabrik bringen. Wir hatten dazu ein Essgeschirr mit 3 Töpfen übereinander aus Aluminium und mit Henkel oben dran. Mein Vater bekam in der Fabrik immer ein dreigängiges Menü. Oben gebratenes Fleisch mit Kartoffel und Soße. In der Mitte den Salat, und unten den Pudding mit Brombeersaft. Manchmal gab es auch nur Suppe mit Pudding, oder einen durch gestapften Pott. Ich fuhr mit dem Fahrrad um 5 vor Zwölf von zu Hause los. Wir wohnten hinter der Bahn im heutigen Krähenfurt .Als ich am Bahnübergang kam, gingen „Palim, Palim" gerade die Schranken runter. Sie waren am rangieren. Die

Sirene von Schlicker und Söhne heulte und jeder wusste, dass Mittagspause war. Die Schranken gingen wieder hoch und jeder, der einem entgegen kam sagte Mahlzeit. In der Fabrik angekommen ging es erst richtig los „Mahlzeit, Mallzeit, Maalzeit" Ich ging in die Weberei durch die Webstühle zu meinem Vater und gab ihn sein Essen. Nicht ohne ihn „Mahlzeit" zu wünschen. Dann setzte ich mich wieder auf dem Fahrrad um nach Hause zu fahren. Beim Bahnübergang angekommen, gingen „Palim, Palim" gerade wieder die Schranken runter. Sie waren ja am rangieren..... Nach kurzer Zeit gingen die Schranken wieder hoch, und jeder der einem entgegen kam sagte wieder „Mahlzeit." Zu Hause angekommen setzte ich mich am Mittagstisch und wünschte allen eine gesegnete „Mahlzeit".

In Schüttrup sech man „Mahlzeit"

Woar ik soa twölf datteen Joar oald wass, moss ik in de` Vekanzie altied mien Vader dat Etten in´neFebrik brengen. Wi hadden dor too n´ Ettgeschirr met dree Düppen övernanner un boaben met nen Henkel drann. Mien Vader kräg in´t Febrik altied n´dreegängig Menü. Boaben Flees met Errappel un Soße, in´ne midde denn Schloat, un unnern denn Pudding met Brömmelbeersaft. Manks gafft ock bloass Suppe met Pudding, off nen dörgekockten Pott. Ik föahrde met´t Rad fieve för Twelwe achte de` Bahne loass. As ik an´n Bahnövergang quamm, göngen „Palin, Palim" jüst de`Schranken runner. Se´wadden an´t rangeeren. De´Sirene van Schlikker un Söhne hülde, un iddereene wüss, dat et Middag wass. De´Schranken göngen weer hoach un iddereene, de´eene te Mööte kamm, sä „Mahlzeit" In´t Febrik ankommen, göng dat erste richtig loss: „Mahlzeit, Maaalzeit, Mallzeit"....Ik göng in´ne Wewwerej dör de` Stöhle noa mien Vader, un brachte em dat Etten, nich ohne em „Mahlzeit" te` wünschen. Dann settde ick mi weer up´t Rad, üm noa Huuse te`föahren. Bi de`Bahne ankommen, göngen„Palim, Palim" jüst de` Schranken weer runner. Se´ wadden ja an´t rangeeren...Noa kotte Tied göngen dè Schranken weer hoach, un ik föahre noa Hus. In Huuse ankommen, sedte ik mi ock an´t Toafel un wünschede alle ne` gesegnete „Mahlzeit".

Aus meiner Studentenzeit

Es war einer von den Tagen, wo
wir den lieben Gott einen guten
Mann sein ließen. Wir, meine
Freundin Cosima und ich. Ich
studierte an der Ingenieurschule in
Burgsteinfurt und meine Freundin
wusste noch nicht was sie werden
wollte. Erst wollte sie auch
Chemieingenieurwesen studieren,
aber das wurde ihr nach einem
Jahr zu schwer und sie wollte jetzt
Krankenschwester werden. Sie
hatte Bewerbungen weggeschickt
und wartete darauf, dass sie
irgendwo eine Lehre als
Krankenschwester beginnen
konnte. Wir waren erst um elf Uhr
aufgestanden. Den Abend vorher
waren wir in Eppings Biercafe
gewesen, und es war spät
geworden. Die ersten Stunden
waren bei „Opa Sonntag"
Chemische Reaktionstechnik. Er

war schon etwas älter und hatte immer einen grauen Hut auf. Zu dieser Vorlesung brauchte ich nicht unbedingt, denn die Klausuren bei Opa Sonntag waren leicht, man konnte sie nämlich, von denen die es konnten, abschreiben. Opa Sonntag versteckte sich beim Klausuren schreiben immer hinter einer Zeitung. Zum Frühstück holten wir Brötchen und ein paar Scheiben Käse von dem Tante Emma Laden, der ein paar Häuser weiter war. Gegen halb eins ging ich zur Ingenieurschule. Ich hatte noch ein Praktikum in Verfahrenstechnik und das war wichtig. Gegen 4 Uhr kam ich wieder in unsere Studentenbude an. Unsere Studentenbude hatte 3 kleine Zimmer in der man durch die Außentür in die Küche kam, und ein kleines Zimmer zur Straße hin, unser Wohnzimmer und die Aufkammer war unser

Schlafzimmer. Die Treppe zur Aufkammer konnte man hochklappen und da war unser Keller, wo unsere Kohlen und Briketts gelagert wurden. Wenn man auf die Toilette musste, ging man nach draußen hinter unserer Wohnung in einen Schuppen. Der Ofen stand in der Küche. Aber es war noch Anfang Oktober und da brauchte man noch nicht heizen. „Cosi", das war ihr Kosename, hatte noch ein paar Bewerbungen weggeschickt, und wir überlegten was wir zum Abendessen essen sollten. Wir hatten noch Spagetti, Tomatenmark, Margarine und durchwachsenes Speck. Wir wollten uns Spagetti Bolognese machen. Aber da fiel mir ein, Wir hatten ja Oktober, und da könnte man ja mal in den Wald gehen und Pilze suchen. Es war ein schöner Oktobertag, und was ist schöner als in den Wald zu gehen und den

Oktober zu genießen. Wir fuhren mit unserem klapprigen R4 in die Metelner Heide, und gingen zuerst zu meiner Stelle, wo ich letztes Jahr Braunkappen gefunden hatte. Aber wir fanden keine Braunkappen. Auf dem Weg zurück kamen wir an eine Weide vorbei und da leuchtete es schon von weiten im Gras weiß auf. Oh Champignons. Wir kletterten über den Zaun und ernteten die Pilze. Aber auf einmal hörten wir aus der Ferne was muhen. Als wir in diese Richtung blickten, sahen wir ca. 20 große Bullen, die auf uns zu kamen. Da mit Bullen nicht zu spaßen ist, und wir nicht auf die Hörner genommen werden wollten, verließen wir die Weide so schnell wie möglich. Cosi hatte auch noch ihr rotes T-Schirt an, und das ist für Bullen auch nicht grad die richtige Bekleidung. Wir waren ja keine Torreros. Ich stieg über

Stacheldraht Zaun und Cosi rollte sich drunter her. Leider hatte sie nach der Flucht aus der Weide einen Winkelhaken in ihr T-Schirt. Sie war im Stacheldraht hängen geblieben. Aber sonst war nichts passiert und unsere Pilztüte hatten wir auch gerettet. Als wir wieder hinter dem Zaun in Sicherheit waren, hatten wir ganz schönes Herzklopfen. Zu Hause machten wir dann Spagetti Bolognese Fungi. Das mit Cosi ist schon lange vorbei, aber wenn ich sie heute nochmal wiedersehen sollte, bekäme ich auch wohl wieder Herzklopfen.

Ut miene Studententied

Et wass eene van dé Dage, woar wi dè lewe Gott nen guten Mann wäern löaten. Wi, mine Fröndin "Cosima" un ik. Ik studeerte an´ne Ingenieurschoole in Stemmert un miene Fröndin wüss noch nich wat sé wäern woll. Erste woll sé ock Chemieingenieurwesen studeern, men dat wass eer noa 1 Joar te schwoar wodden, un sé woll Krankensüster wäern. Sé ha Bewerbungen wegstüürt un wochte dorup, dat sè irgendwoar ne Lehre at Krankensüster anfangen konn.Wi wadden erst üm half elm´ upstoan. N´Oabend förher wadden wi in Eppings Biercafe west un dat wass late wodden. Dé ersten Stunden wassen bi "Opa Sonntag", CRT, Chemische Reaktonstechnik. Dé Klausuren bi Opa Sonntag wadden licht, man konn sè nöamlik van dé, dé´t konnen, affschrieben. Opa Sonntag vestoppte sik altied bi´t Klausurenschrieben achter nè Zeitung. Too´t Koffiedrinken halden wi us Bröatkes un n´paar Schiven Käse van denn Winkel, dé paar Hüser wieder wass. Tögen half eene göng ik up dè Ingenieurschoole an. Ik ha noch ´n Praktikum in Verfahrentechnik, un dat wass belangraijk. Tögen veer Uhr kamm ik weer noa Hus in usse Studentenbude. Usse Sudentenbude, dat wassen ne Kökken, woar man van buten in göng, n´klein Kämerken noa dè Stroate rut, usse Wonkamer un ne Upkamer met´n antertalf slöpig Berre. Wann man up´t Hüsken moß, göng man noa buten un in´n Schoppen, dé achter usse Wonnung anbaut wass. Denn Ommn stönn in´ne Köken, men et wass noch Anfang Oktober un man brukte noch nich te stokken. "Cosi" ha in´ne Tüschentied noch paar Bewerbungen wegstürt un wi öwwerleggten watt wi too´t Oabendetten maken sollen. Wi hadden noch Spaggetti, Tomatenmark, Magarine un dörwassen Speck. Wi wolln Spagetti Bolognese maken, men dor föll me in, wi hadden ja Oktober un dor konn man wall es in´n Busch goan un Peddenstöle söken. Et wass nen meuen Oktoberdag un wi schmäten ussen klapprigen R 4 an, un föarden Richtung Metelner Heide. Wi löapen dör´n Busch, woar ik dat lessde Joar "Braunkappen" funden ha, men dor wadden kinne. Wi kammen an´ne Weide un et löchde al van wieden witt up. Oh "Champignons". Wi övern Tuun un plückten dé Peddenstöle.Men up´n moal hörden wi van wieden watt muhen un as wi upkäken van usse Peddenstöle söken, kammen dor

Stück off twintig 3 Jöhrige Bullens dör´t Hekk van dé andere Weide. Dé Bullens hadden us ock al sehn un kammen genau up uss too. Wi wadden midden in´ne Weide. Ik sä to Cosi: "Niks at weg hier, dé Bullen kummt" Cosi ha sè nu ock sehn. Sé ha n´roat T-Shirt an un dat wass för dé Bullen net dat rechte. Wi möaken dat wi weg kammen. Cosi rullde sik unnern Tuun weg un ick stääg dröver. Mienen Tuten met Peddenstöle ha ik noch, un dat Oabendetten wass rettd. Menn wi hadden ohrig Hettkloppn. Cosi ha nen Winkelhaken in eehr T-Schirt, men anners wass niks passeert. In Huse möken wi dann Spagetti Bolognese Funghi. Dat met Cosi is al lange doan. Men wann ik sè Vandage noch moal treffen soll, dann ha ik ock wall weer Hettkloppn.

Mein schönstes Weihnachtsfest

Um die Weihnachtszeit hatten wir zu Hause immer viel zu tun. Ende November wurde unser Schwein geschlachtet und musste verwurstet werden. Dann kam einen Tag nach Nikolaus mein Geburtstag. Da wurde ich reichlich beschenkt und dann stand ja noch Weihnachten vor der Tür. Ich glaubte noch an das Christkindchen, das die Geschenke bringt. Meist wurde ich dann vor Aufregung krank. Am heiligen Tag mussten wir erst in die Badewanne. Wir machten dann unseren Viehkessel an, um warmes Wasser zum Waschen zu haben. Wir füllten das warme Wasser in unserer Zinkbadewanne, die sonst immer nur hochkant in unserem Schuppen stand und nur am Samstag gebraucht wurde. Meine Mutter füllte mit einem Eimer ca.

10 cm hoch warmes Wasser in die Badewanne. Ich kam als erster dran. Ich wurde von meiner Mutter eingeseift und die Haare wurden auch gewaschen. Die schamponierten Haare wurden mit einem Eimer aus dem Viehkessel wieder ausgespült. Der Rücken und alle Körperteile, besonders die Ohren wurden mit einem Waschlappen eingeseift. Ganz untertauchen konnten wir ja nicht, denn es waren ja nur 10 cm Wasser drin. Meine Mutter nahm aus der Badewanne Wasser und spülte die Seife ab. Als ich aus der Wanne kam, wurde ich abgerubbelt und meine Zähne klapperten vor Kälte. Das Feuer des Viehkessels brachte zwar etwas Wärme, aber das war nicht das meiste. Wir bekamen dann neue Unterwäsche an und wurden sonntäglich angezogen. Als zweiter kam mein Bruder an die Reihe. Zum Schluss badete mein

Großvater. Dann setzten wir uns in die Großküche. Wir schalteten das Radio ein und hörten Radio Norddeich. Da kamen beste Grüße aus der Heimat für die Schiffe, die auf der ganzen Welt zur See fuhren. Meine Mutter bereitete das Essen. Es gab heiße Würstchen mit Kartoffelsalat und Heringssalat mit Brot, das meine Mutter noch kurz vorher gebacken hatte. Dazu tranken wir Tee. Meine Mutter räumte das Geschirr vom Tisch, und wusch ab. Dann sagte sie zu mir. „ Ich glaub es hat an der Vordertür geklopft. Das Christkind steht vor der Tür. Sie ging durch den Flur zur Vordertür. Die Vordertür war deutlich zu hören wie sie auf und zu gemacht wurde. Wir lauschten an der Küchentür. Wir versuchten durch die Gardine, die an die Scheibe der Tür zur Küche angebracht war, durch zu gucken. Konnten aber nichts sehen.

Meine Mutter sagte „ Guten Abend Christkind, hier geht es zum Wohnzimmer. Nach einer Weile verabschiedete sie das Christkind wieder und wir konnten deutlich hören, wie die Vordertür wieder ging. Sie machte die Tür zur Großküche wieder auf, sie war nämlich zugeschlossen gewesen. Sie führte uns ins Wohnzimmer. Das Wohnzimmer war mollig warm durch unseren Ofen, der nur an solchen Feiertagen benutzt wurde. Am Weihnachtsbaum brannten die Kerzen und die Geschenke waren um den Weihnachtsbaum aufgebaut. Da stand auch ein besonders großes Geschenk. Meine Mutter brannte noch ein paar Wunderkerzen ab. Wir setzten uns an den Tisch, der mit einer gestickten Weihnachtsdecke bedeckt war. Für jeden war ein Weihnachtsteller da, mit Nüssen, Schokolade, Orangen und Feigen und allerlei Süßes. Es stand ein Kerzenständer mit mehreren Kerzen, auf dem Tisch. Die Wohnzimmer Beleuchtung war ausgeschaltet. Aber die Kerzen gaben ihren hellen Schein. Meine Mutter las aus unserer Hausbibel die Weihnachtsgeschichte vor. Wir sangen erstmal ein paar Weihnachtslieder. Mein Großvater konnte nicht mitsingen, da er taub war, sang nochmal für sich „Stille Nacht, heilige Nacht" und wir hörten ihm zu. Dann wurden die Geschenke verteilt. Meine Mutter sagte, dass das große Packet für mich sei. Ich freute mich sehr, und ich begann es auszupacken. Es war eine Hobelbank und ich bekam auch noch eine Laubsäge, eine Kneifzange, einen Hammer, einen Hobel und eine kleine Bohrmaschine, die man mit der Hand betreiben konnte. Ich bekam auch noch Sperrholz zum Aussägen von Figuren. Auf dem einen war ein Reh aufgedruckt. Alle packten ihre Geschenke aus und das Weihnachtspapier wurde von meiner Mutter wieder zusammen gefaltet. Fürs nächste Weihnachten. Nun wollte ich ja auch gleich alles ausprobieren. Als erstes wollte ich die Sperrholz Figur aussägen. Mein Vater zeigte mir, wie ein Sägeblatt in die Laubsäge gespannt wird. Und ich probierte aus, wie man mit einer Laubsäge sägt. Dann ging das Sägeblatt kaputt und mein Vater sagte, ich solle mal selber ein neues Blatt einspannen. Das schaffte ich auch alleine. Ich sägte solange, bis ich das Reh ausgesägt hatte. Im Wohnzimmer lag jetzt alles voller Sägemehl und meine Mutter holte den Staubsauger und machte alles wieder weg. Dann war es auch schon Mitternacht, und wir gingen alle ins Bett. Meine Mutter kam noch mal an mein und meines

Bruders Bett und sagte uns „Gute Nacht" und wir schliefen ein.

Der Milch Panscher

In Gldehaus war mal ein Bauer, der immer mehr Milch an die Molkerei ablieferte, als die anderen. Die anderen Bauern konnten es nicht in den Kopf kriegen wieso er immer den Molkereipreis bekam. Er konnte seine Kühe immer gut verkaufen und war reich. Als der Knecht von ihm mal im Wirtshaus war, fragten sie den Knecht aus. Sie hatten ihn eine Flasche Schnapps spendiert und der Knecht wurde redselig. Er erzählte, das sein Chef immer wenn sie am Essen waren mit jeder Milchkanne zur Pumpe lief und ein bischen Wasser in die Milchkannen tat. Er konnte ihn auch nicht mehr leiden, weil er ihn um ein bischen mehr Geld gefragt, und der Bauer hatte ihn das abgesagt. Nun wussten die anderen Bauern Bescheid. Sie beschlossen, ihn einmal einen Streich zu spielen.

Nachts ging einer von den anderen Bauern zu ihn hin auf die Diele und steckte in der Pumpe eine Rübe, so das sie kein Wasser mehr warf und er schob einen Zettel unter der Küchentür, auf der stand „Deine beste Kuh hat eine Rübe im Hals". Am anderen Morgen fand er den Zettel und sah als erstes nach seiner besten Kuh. Sie fraß und war wohl munter. Danach wollte er den Kühen Wasser geben, aber die Pumpe warf kein Wasser mehr. Er sah nach der Pumpe und da saß eine Rübe drin. Nun wußte er, wie das gemeint war mit dem Zettel. Seine Milchpanscherei war aufgeflogen. Und im nächsten Jahr bekam er auch nicht mehr den Molkereipreis.

Dé Melkpaanscher

In Gilhus wass moal nen Buur, dé altied mehr Melk an dè Molkerej aflevetde as dé annern. Dé annern Buuren konnen et nich in'n Kop kriegen wusoa hé altied den Molkereijpries bekamm. He konn sine Keue altied gut verkoapen und was riek. As den Knecht van em moal in't Wertshus was, froagten sè denn Knecht ut. Sé hadden em nè Buddel Schluck spendeert und denn Knecht wöa redselig. Hé vetellde, dat sin Baas altied wann sé an't Etten wadden met jede Melkanne noa dè Pumpe löap und betken Water in'ne Melkkannen döa. Hé konn em ock nich mehr lieden, ümdat hé em üm betken mehr Geld froagt ha, und dè Buur ha em dat affsegt. Nu wüssen dé annern Buurn Bescheed. Sé beschlotten, em maol bi'n Buck te doon. Nachts göng eene van dé annern Buuren noa em hen up dè Delle, un stoppte in seine Pumpe nè Rööwe, soa dat sè kin Water mehr schmääd. Un sé schöben em nen Zettel under dè Köckendöre woar up stönn „Diene beste Koh heff ne Rööwe in´n Hals" Annern monnen fünn hé denn Zettel, un käk es erste noa seine beste Koh. Sé fratt un wass wall munter. Dornoa woll hé dé Keue Water gebben, menn dè Pumpe schmäät kinn Water mehr. Hé kääk noa dè Pumpe un dor satt dé Rööwe in. Nu wüß hé, wu dat gemeent was met denn Zettel. Sine Melkpaanschereij was upfloggen. Un in´t nächste Joar krääg hé okk nich mehr dennMolkereijpries.

Wir schlachten ein Schwein

In November, wenn es so diesiges Wetter war, kam die Zeit, das die Schweine dran glauben mussten. Wir hatten die Ferkel auf Himmelfahrt von Gut Adolfshof geholt. Dafür hatten eine Ferkelkiste hinter dem Fahrrad und ich durfte immer mitfahren (Vorne drauf). Die Ferkel bekamen Magermilch, Roggenmehl und gekochte Kartoffeln. Im Sommer wurden dann noch Brennnessel und Rübenblätter durch den Häcksler gedreht und gefüttert. Ab und zu bekamen sie auch einen Grassoden zur Mineralstoff Versorgung. Im November waren sie dann dick und fett. An dem Schlachttag, meist auf Samstag, musste dann der Viehkessel morgens früh mit Wasser angezündet werden. Um acht Uhr kam dann das Schlüterken. Er war der Schlachter und hatte einen Schußapparat, Messer und eine scharfe Axt. Dann musste das Schwein aus dem Stall und war am quiken. Es wusste wohl, was ihm blühte. Das Schlüterken sagte zu mir, ich solle den Schwanz festhalten, aber ich verkrümelte mich. Als das quiken zu Ende war ging ich wieder hin, ich war ja auch neugierig. Das Schwein wurde durch den Hals geschnitten und das Blut mit einer Schüssel aufgefangen Am Schluß machte er noch Herzmassage mit dem Vorderbein, damit das Blut auch alle rauskam. Das Blut musste nun kalt gerührt werden. Das machte meine Mutter im Keller. Einmal ist sie auf der Treppe ausgeglitten und fiel mitsamt dem Bluteimer in den Keller. Das sah dann schlimmer aus als es war, aber in dem Jahr gabs kein Wurstebrot und auch keine Rotwurst. In das Loch am Hals vom

Schwein kam ein Stopfen. Mit einem alten Teekessel wurde das Schwein mit kochendem Wasser übergossen und abgeschrappt. Das Schwein wurde so schön sauber und gefiel mir gut. Als letztes musste es noch die Schuhe (Klauen) ausziehen. Dazu musste das Wasser besonders heiß sein. Nun kam es an die Leiter. Dazu wurde ein eiserner Krummstock durch die Hinterbeine gezogen und an die Leiter gebunden. Die Leiter kam dann schräg an die Hausmauer. Der Schlachter fing an den den Bauch aufzuschneiden und suchte den Dünndarm. Der Dünndarm wurde aus dem Bauch gezogen und in einem Eimer getan. Den Darm hat meine Mutter dann umgekrempelt, abgeschrappt und mit kaltem Wasser gespült. Da kam dann später die Mettwurst drin. Den Mastdarm haben wir nie sauber gemacht, bei uns kam die

Leberwurst in Dosen. Dann schnitt er den Bauch komplett auf und ließ das Eingeweide in eine alte Wanne gleiten. Von den Eingeweiden haben wir nur die Leber gegessen. Die Eingeweide wurden auf dem Brinksken (Ein Stück Ödland vor dem Haus) vergraben. Nun musste er nur noch den Brustkasten mit der Axt zerteilen und die Lunge und das Herz rausnehmen. Dann wurde der Rücken und der Kopf mit der Axt in zwei Teile geteilt. Es war fertig und zum Schluß spülte er noch ein oder zwei Eimer Wasser drüber. Nun gab es ein oder zwei Schümerschen (Schnapps) und das Fleisch musste Abhängen. Den Tag später kam der Tierarzt Hippen und untersuchte das Fleisch mit seinem Mikroskop auf Trichinen. Wenn er keine gefunden hatte machte er einen Stempel auf die Schwarte. Abends gab es dann gebratenes

Schweinefilet. Das war besonders lekker. Nun musste das Schwein noch abgehauen und verwurstet werden. Das war auch noch eine ganze Arbeit. Zum Abhauen kam das Schlüterken dann auf einen Abend. Als erstens kam der Kopf runter und die Augen und die Ohren wurden rausgeschnitten. Mit den Ohren kann man nichts anfangen, außer dem Hund geben. Die Zunge wurde beiseite gelegt. Die war für die Rotwurst. Die Vorderbeine und der Nacken waren für die Leberwurst und die Mettwurst. Dafür mussten die Knochen raus. Aus dem Rücken wurden Braten geschnitten. Die wurden, angebraten mit Fett, eingekocht. Die Schinken wurden zurecht geschnitten und mit Salz eingerieben. Die Speckseiten und das durchwachsene Speck kamen auch ins Salz. Der Schwanz und die Pfoten kamen auch mit rein und wurden im Winter mit Grünkohl gekocht. Die Knochen und der Kopf wurden am anderen Tag gekocht und kamen in die Leberwurst. Wir Kinder bekamen Abends noch ein Kettelhänsken. Das war eine kleine Leberwurst. Die taten wir dann aufs Butterbrot. Mehr weiß ich nicht vom wursten, aber es waren zwei oder drei Tage stramme Arbeit. Die Speckseiten, der Schinken und die Mettwurst kamen bei Teissmann(Schlachter hinter der Bahn) in den Rauch. Vorher mussten noch die Namensschilder dran.... So das wars vom schlachten. Ne ganze Arbeit oder nicht?

Wi schlacht´n Schwin

In November, wann`t son´n schmülsterich Weer was, kamm dè Tied dat dé Schwine dran glöb´n mossen. Wie hadd´n dé Biggen up Himmelfahrt van Gut Adolfshof haalt. Doarför hadd´n wi ne Biggenkiste achterd Rad und ik droff altied met föar´n (Vörne Drup). Dè Biggen krägen Magermelk, Roggenmell un gekokkte Errappel. In´t Sommer wöan dann noch Brennnettel und Runkelblader döar dè Moosmölle dreit, un foart . Aff und too krägen se ock moal nen Tussen (För de Mineralstoff Vesorgung). In November wadd´n sè dann dick un drall. An´n Schlachtdag, meest Soaterdag, moss denn Schwinekettel s´monns froh met Water anstokkt weärn. Üm acht Uhr kamm dann dat Schlüterken. He was Schlachter, un ha nen

Scheetapperat, Messers und ne scharpe Äxe. Dann moss dat Schwin ut't Schott und was an't quiken .Et wüs wall wat em bleude. Dat Schlüterken sä to mi, ik soll dat Stättken faste hollen, menn ik verkrömmelde mi. Wann't quiken doan was, göng ik wer hen (Ik was ja ok neijschierig). Dat Schwin wöa döar'n Halse schnedd'n un met dè Kumme dat Blood upfangen. An't lessde möak hé noch Herzmassasche met`t Vörbeen, dormet dat Blood ok alle drut kamm. Dat Blood moss nu koald röhrt werden. Dat maakte miene Moder in`n Kelder. Enmol is't up dè Trappe utgledd'n un metsamt denn Bloodömmer in'n Kelder fallen. Dat sööch dann schlimmer ut, at`t was, men dat Joahr gafft kin Woastebroad un ok kinne Roatwoast. In dat Lokk in'n Halse vann't Schwin kamm dann nenn Propp'n. Met'n ollen Teekettel wöa dat Schwin met kokend Water begotten un affschrappd . Dat Schwin wöa soa moij schoane und geföll mi gut .An´t lessde moss et dann noch dè Schohe (Klauen) uttrekken. Doarför moss dat Water besünners heet werden. Nu moss´t an dè Ledder. Doarför kamm nen isernen Krummstokk dör dè Achterbeene, dé wöa an dè Ledder bunden, un dat Schwin schroat an de Husmüre stellt. He föng an, denn Buk upteschnieden und sochte denn Dünndarm. Denn Dünndarm wöa ut´n Buk trokken un in´n Ömmer doan. Denn Darm heff miene Moder dann ümkrempelt, affschrappt un met koald Water spöölt .Doar kamm dann later dè Mettwoast drin. Denn Mastdarm hebb´t wi noijt schoane makt. Dé Lewwerwoast kamm bi us in Döasen. Dann schnä hé denn Buk komplett up un löat dat Ingeweide in ne olle Wanne glied´n. Van dé

Ingeweide hebbt wi bloaß dè Lewwer getten. Dat andere Ingeweide wöa up´t Brinksken in `t Lokk stoppt. Nu moss hé bloaß noch denn Boastkasten met dè Äxe uphauen, un dé Lunge un dat Hette drutnemm´n. Dann wöa den Rüggestrang un denn Kopp met dè Äxe in Twee Hälften hauen. Et was geböart, un an´nt Lessde wöaen noch paar Ömmers full Water dröaver plärt. Nu gafft een of twee Schümerschen un dat Vlees moss afhangen. Nenn Dag later kamm Veedokter Hippen met sin Mikroskop un undersochte dat Vlees up Trichinen. Wan he kinne funden ha, makte he nen Stempel up`t Schwin. Oabens gaff´t dann gebroadt Schwinefilet. Dat was besünners lekker. Nu moss dat Schwin noch affhauen un ve`wöastet werden. Dat was ock noch ne heele Arbeid. Too´t Affhauen kamm dat Schlüterken dann up`n Oabend. As erstes kamm denn Kopp draff und Oagen un dé Ohrn wöan utschnedden. Met dè Ohrn kam´n nix anfangen bloaß noch dè Hund gebben. Dé Tunge wöa bi Site leggt .Dé wass för dè Roatwoast. Dé Vörbeene und denn Nacken wass´n för dè Lewwerwost un dè Mettwost. Doarför mossen dè Bütte drut. Ut denn Rüggestrang wöan Brodens schnedden, dé wöan, angebroad met Fett, inkokkt. Dè Schinkens wöa`n terechte schnedden un met Soalt inrebben.Dé Specksiten un denn döarwassen Speck kammen ok in´t Soalt. Dat Stättken un de Pooten kamm´n dè ok met in, un wöan in´t Winter met Moos kokkt. Dé Bütte un denn Kopp wöan Dags drup in´n Kettel kokkt un kamm´n in de` Lewwerwoast. Wi.Kinner krägen dann Oabens noch ´n Kettelhänsken. Dat was ne kleine Lewwerwoast. De döa wi dann up´t

Bodderbroad. Mehr we´k nich van´t Wöasten, men et was twee of dree Dage stramme Arbeid. Dé Specksiten , denn Schinken und de Mettwoast kammen bi Teissmann in´n Roak.Vörher mossen noch de` Namenschildkes an ....Soa dat was´t schlachten. Ne heele Arbeid of nich?

Schmülsterich=diesig

Eltern

Meine Eltern hatten früher einen kleinen Bauernhof. Wir hatten zwei Kühe und einige Schweine zum fettfüttern.Mein Vater ging noch in der Fabrik als Webmeister. Damals konnte man von zwei Kühen auch schon nicht mehr leben. Er war „Nebenerwerbslandwirt" würde man heute sagen. Wie das in der Landwirtschaft so war, mussten alle mit anpacken, wenn es ans Heuen, Kartoffelsammeln oder Rübenziehen ging. Mein Opa war da auch schon an die Achtzig und er kochte alle paar Tage den Schweinekessel Er keimte die Kartoffel ab und kochte sie mit Wasser gar. Das Abkeimen war eine verfehlende Arbeit. Er brauchte dazu den ganzen Nachmittag, aber er tat es gerne. So hatte er was zu tun. Als ich so 11 Jahre alt war, wollte ich

„Lachtauben" haben und mein Vater baute mir eine Voliere, und daneben war noch ein Kaninchenstall. Ich bekam eine Häsin von einem Arbeitskollegen meines Vaters, und bald hatte ich auch ein Päärchen Lachtauben. In dem Areal, wo die Voliere stand, bekam ich auch meinen eigenen Garten. Ich machte mir eine Kaninchentransportkiste und brachte meine Häsin im Februar zum Bock. Im März hatte ich dann fünf junge Kaninchen. Ich freute mich. Mein Vater baute mir dann noch einen Maststall mit Rosten, damit ich den Stall besser ausmisten konnte. Nach 6 Wochen tat ich die kleinen Kaninchen in den Maststall und fuhr mit der Häsin wieder zum Bock. So hatte ich das Jahr über zwei Würfe Kaninchen. Ich fütterte die Kaninchen mit Gras und ein paar Hände voll Fertigfutter. Mein

Großvater lehrte mir mit der Sense zu mähen, und ich mähte, abends, wenn mein Vater in die Kuhweide ging die Kühe zu melken, die Geilstellen für meine Kaninchen ab. Samstags mähte ich den Rasen, hackte Unkraut an der Straße, harkte und fegte die Wege mit dem Besen. Meist fegte ich noch ein Muster rein. Als ich dann Fünfzehn Jahre alt war, bekam ich von Bekannten ein altes Moped. Ich nahm es komplett auseinander und strich es neu an. Die Gabel war gebrochen und ich ging nach Lütters Herm in die Schmiede und er schweißte mir das wieder. Dafür mußte ich sein Fahrrad flicken Von nun an tüftelte ich nur noch mit dem Moped rum. Ich machte den Schalldämpfer ab und fuhr mit dem Moped durch die Holmer Maate. Das knattern von dem Motor faszinierte mich. Ich schliff den Zylinderkopf ab, tat eine andere

Düse in den Vergaser und probierte aus, ob es dann schneller lief. Meine Tauben vergaß ich zu füttern, und eines Tages lies mein Vater die Tauben frei und schlachtete das Kaninchen. In der Schule schrieb ich oft Fünfen und ich hatte nur noch Ärger zu Hause. Ich meldete mich bei der Fahrschule an und wollte einen Mopedführerschein machen, aber meine Eltern verboten mir die Fahrschule zu besuchen solange ich in der Schule so schlecht war. Nun tat ich erst recht nichts mehr in der Schule. Die Katze biss sich sozusagen selbst in den Schwanz. Wir hatten bei einem Freund, die eine Wirtschaft und einen Laden hatten, den Keller als Partyraum ausgebaut. Ich hatte alles mögliche im Kopf (Mädchen).bloß nicht die Schule. Ich fuhr mit meinem Moped auch wohl mal in die Stadt, und als ich eines Abends im Dunkeln vom

Jugendheim wieder zurück kam, stand mein Vater im Schuppen hinter der Tür und haute mir mit einer Dachlatte auf den Rücken. Ich dachte er wolle mich tot hauen und floh. Ich sprang durch die Dornenhecke an der Nordseite vom Haus, wo sie etwas lichter war, und lief wieder in die Stadt. Im Jugendheim war alles schon dunkel und ich lief wieder nach Haus. Ich kam an die Bahn und mein Bruder stand mit dem Auto vor den Schranken. Ich kroch in sein Auto und erzählte, dass Vater mich tot hauen wollte. Er meinte, so schlimm solle es wohl nicht werden. Zu Hause gab es dann eine Aussprache und ich sagte, daß ich von zu Hause weg wolle. Ich hatte zu der Zeit schon eine Lehrstelle als Chemielaborant bei den Bayerwerken in Leverkusen. Ich wollte dort neu anfangen. Ich fragte nochmal, ob ich nicht doch den

Führerschein fürs Moped machen konnte. Ich wollte dann in Leverkusen schön mit dem Moped zur Arbeit fahren, aber sie wollten es nicht haben. Ich solle man mein Fahrrad mitnehmen. Ich habe meine „Mittlere Reife" dann in Leverkusen in Abendschule nachgemacht. Ich war froh, das ich von zu Hause weg war und in der Schule wurde es dann auch besser. So ist es manchmal, wenn die Eltern die Weisheit mit dem Knüppel reinhauen wollen. Später haben sie mir dann mal gesagt, dass sie mir den Führerschein doch hätten erlauben sollen.

Öllern

Miene Öllern hadden fröger ne kleine Burdereij. We hadden twee Keuje un ne riege Schwiene too´t fettfoaren. Mien Vader göng noch in´t Febrik as Taubaas. Doamoals konn man van twee Keue ock al nich mehr lebben. He wass "Nebenerwerbslandwirt" wöa man vandage seggen. Wu dat in´ne Landwirtschaft soa wass, mossen sè alle met anpacken, wann´t an´t Heuen, Erappelgaddern of Runkeltrekken göng. Mien Bessva wass dor ock al an dé Tachntig un hé kokkte alle paar Dage denn Schwienekettel. He kiemde dé Erappel aff un kokkte sè met Water gar. Dat Affkiemen wass nè vefehlnde Arbeit. Hé brukte dortoo denn heelen Nommerag, men hé döa´t gerne. Soadöanig ha hé wat te doon. As ik soa elf Joar old wass, woll ik gerne "Roopduben" hebben, un mien Vader baude mi ne Voliere, un dortögen wass noch n´ Knieneschott. Ik kräg ne Möare(Häsin) van nen Arbeitskollegen van mien Vader, un boale ha ik ock n´Pärchen Roopduben. In dat Areal van ussen Goarden, woar dé Voliere stönn, kräg ik ock mienen eigenen Goarden. Ik makte mi ne Knienetrasportkiste un brachte miene Möare in Februar noa´n Buck. In Märt ha ik dann fief junge Kniene. Ik wass bliede. Mien Vader baude mi dann noch nen Maststall met Rosten, dormet man denn Stall better utmessen konn. Noa sess Wekke döa ik dé kleinen Kniene in denn Maststall un döa dé Möare weer bi´n Buck. Sodöanig ha ik dat Joar över twee Koppeln Kniene. Ik foarde dé Kniene met Gress un paar Haane ful Fertigfoar. Mien Bessva lehrde mi met dè Schwaare te meijen, un ik meijde, oabens, wann mien Vader in´ne Kohweide göng, dé Keue te melken, dé Geilstellen för miene Kniene aff. Soaterdag´s meijde ik denn Rasen, döa an´ne Stroate schöfeln, harken un kehrde dé Pätte met´n Bessem. Mest kehrde ik dè noch n´Muster in. As ik dann füfteen Joar oald wass, kräg ik van

Bekannte n´old Moped. Ik nömmt heel ut n´nanner un sträg´t neij an. Dé Goabel wass brocken un ik göng noa Lütters Herm in´ne Schmedde un hé schweißte mi dat weer. Dorför moß ik em siene Fietze flicken. Van nu antoo knoide ik bloaß noch met dat Moped rüm. Ik möak denn Schalldämper aff un föarde met dat Moped dör dè Holmer Moate. Dat knättern van denn Motor faszinierte mi. Ik schläp denn Zylinderkopp aff un döa dè ne andere Düse in´n Vegaser un proberte ut, off´t dann geuer lööp. Mien Duben vegatt ik tè foaren, un eenes Dages löat mien Vader dé Duben freij un haude dat Knien in´n Nacken. In´ne Schoole schräf ik faken fiefen un ik ha bloaß noch rüssi in Huse. Ik melde mi bi dè Fahrschule an un woll nen Mopedführerschien maken, men miene Öllern verbodden mi, dé Fahrschule te besöken soalange ik in´ne Schoole soa schlecht wass. Nu döa ik erst recht nix mehr in´ne Schoole. Dé Katte bät sik soateseggen sölms in´t Stätt. Wi hadden bi nen Frönd, dé ne Weertschupp un nen Laden hadden, anfangen us denn Kelder as Partyrum ut te bauen. Ik ha allesmögliche in'n Kopp (Wichter) bloaß nich dè Schoole. Ik föarde met mien Moped ock wall es moal in't Stadt, un as ik eens Oabends in'n Düstern van't Jugendheim weer terüüge kam, stönn mien Vader in'n Schoppen achter dè Döre un haude mi met ne Dacklatte up'n Puckel. Ik dachte hé woll mi doat hauen un ik höllt drut. Ik sprüng dör dé dörne Hegge an'ne Nordsiete van't Hus, woar sè bettken holler wass, un löap weer't Stadt in. In't Jugendheim wass't alle al düster, un ik göng weer noa Huse. Ik kamm an'ne Bahne an un mien Broar stönn met'd Auto för dè Schranken. Ik kröap in sien Auto un vertellde, dat Vader mi ha doat hauen wollt. Hé mände soa schlimm soll't wall nich werden.In Huse gafft dann ne Utsproake un ik sä, dat ik van too Hus weg woll. Ik ha too dé Tied al ne Lehrstelle as Chemielaborant bi dè Bayerwerke in Leverkusen. Ik woll dor neij anfangen. Ik froagte nochmoal, off ik nich doch den Führerschien föar't Moped maken konn. Ik woll dann in Leverkusen moij met'd Moped noa dè Arbeit föaren, men sé woll'nt nich hebben. Ik soll men miene Fietze metnemmen. Ik hebb miene "Mittlere Reife" dann in Leverkusen in Oabendschoole noamakt. Ik wass bliede, dat ik van too Huse weg was un in'ne Schoole wöa't dann ock better. Soa is't manks, wann dè Öllern dè Weisheit met'n Knüppel dè in hauen willt. Later hebbt sè mi dann moal secht, dat sè mi denn Führerschien hadden doch beloawen solln.

Woererklärungen: Möare = Hasin, Roopduben=Lachtauben, Taubaas=Webmeister, knoijen=tüfteln, rüssi=ärger

Vom Heuen

Früher waren die Sommer noch Sommer und die Winter noch Winter. Zumindest konnte man im Sommer noch heuen und im Winter Schlittschuh laufen. Ende Juni kamen meist die ersten heißen Tage und man konnte das Gras losmähen. Wir hatten in der Holmer Maate Egbringhoffs Weiden gepachtet und Hummert mähte uns die Weiden los. Er hatte eine Mähmaschine, die von zwei Pferden gezogen wurde. Mit der Mähmaschine konnte man nicht rückwärts fahren, aber wenn man die Kanten los hatte, konnte man immer rund fahren. Die Kanten mussten mit der Sense gemäht werden. Mein Großvater erzählte, das er in der Fabrik immer freigenommen hatte. Er hatte damals zwei Morgen Grass auf den breiten Platz in der Holmer Maate.

Dann stand er beim Hellwerden auf und mähte bis Mittags, und das zwei Tage. Die meisten Leute wissen nicht, wieviel ein Morgen ist. Das ist genau so viel Land, was ein guter Mäher in einem Morgen mit der Sense mähen kann. Dann ging das Heuen los. Am ersten Tag wurde es mit der Forke gestreut und die Haufen verteilt. Am zweiten Tag wurde es mit der Harke gewendet und abends in langer Reihe zusammen geharkt Am dritten Tag wurde es morgen früh noch mal gestreut und Abends zusammen geharkt. Es wurden mit der Harke große Reihen geharkt und dann zu Haufen zusammen geschoben. Wenn der Wetterbericht schlechtes Wetter gemeldet hatte, wurden die Haufen ein bischen größer gemacht. Man sagt immer, das Gras muß einmal von der Erde, das heut am besten. Was mir damals besonders aufgefallen ist, mein Großvater, trug auch beim Heuen immer noch seine wollne Weste, die ja eigentlich für den Winter ist. Wenn man ihn dann fragte warum, dann sagte er bloß, was gegen die Kälte gut ist, ist auch gegen die Wärme gut. Aber weiter vom Heuen. Die Haufen wurden mit der Harke gut an geharkt. Das musste ich immer machen. Wenn der Regen zu Ende war oder wenn es nicht geregnet hatte, musste man morgens früh die Haufen wieder streuen. Wenn dann die Sonne den ganzen Tag schien, konnte man des Abends zusammen machen und holen. Aber so lief es meist nicht. Ich weiß noch, das es mal sechs Wochen an einem Stück Regenwetter war. Als dann die Sonne wieder schien, krochen die Schnecken aus den Haufen und von innen war es schimmelig. Da haben wir dann die Schnecken in den Kolk geworfen, das schimmelige raus gesucht, und in der alten Becke geworfen. Aber wir haben es in dem Jahr doch noch trocken gekriegt. Zum Heuholen hatten wir einen eigenen Ackerwagen mit einen ausladenden Gestell drauf. Den haben wir von Löhr für wenig Geld bekommen. Den Ackerwagen hatte der alte Sundag Stoffel vom Staat nach den ersten Weltkrieg gekauft. Es war ein alter Muntionswagen. Die Speichen der Räder waren teilweise durchgerottet und mussten neu gemacht werden. Das hat Rademaker in der Mauerstraße für uns gemacht und mein Vater holte die Räder mit dem Fahrrad wieder auf. Ein eigener Wagen war beim Heuen wohl von Vorteil, weil Hummert seine Wagen dann gerade selbst brauchte. Das Pferd war wohl zu kriegen. Dann wurde aufgeladen. Meine Mutter packte auf dem Wagen und ich und mein

Bruder harkten nach. Das Pferd, was wir von Hummert hatten, hieß Alma und hatte so seine Alüren. Wenn mein Vater „Fest halten" zu meiner Mutter sagte, dann lief die Alma schon los. Zuletzt wies er mit der Forke meine Mutter an, und sagte dann „Fest halten". Wenn man gut gepackt hatte, dann ging das ganze Heu der Weide drauf. Oben drüber kam dann der Firstbaum. Der wurde mit einer Rolle hinten fest über das Fuder gezogen. An dem Tau ließ sich meine Mutter vom Fuder runter. Dann ging es nach Haus. Aber vorher musste die Alma das schwere Fuder noch die Holmer Maats Brücke hinauf ziehen. Meistens blieb sie auf halben Weg stehen, wenn es schwer ging. Man musste dann „Tschuharr" sagen und mit der Leine auf den Hintern hauen, dann marschierde sie die Brücke hinauf. Zu Haus angekommen wurde das Fuder vor die Bodentür bugsiert, die Alma ausgspannt und am Zaun festgebunden. Mein Vater machte dann die Taue los, und sprang durch die Bodentür auf dem Fuder und lud ab. Meine Mutter nahm das Heu an der Bodentür an und mein Opa warf es dann auf dem Boden an Ort und Stelle. Mein Bruder und ich mussten das Heu dann fest trampeln. Wo wir so am abladen waren, kam das Harus Hermken auf dem Weg vorbei und schrie von weitem „ Trekt de Koh in´t Hahnenholt"(Oberster Balken vom Dachstuhl). Ja da hat sie dann genug zu fressen. Aber mal im Ernst, wer machte dann in den 60igern noch eine Landwirtschaft mit zwei Kühen. Man machte lieber in der Fabrik Überstunden, sparte das Geld, kaufte sich ein Auto und fuhr in Urlaub nach Italien. Mein

Vater und meine Mutter haben nie Urlaub gemacht.

Van´t Heuen

Fröger wadden dè Sommer noch Sommers un Winter noch Winters. Tomindest konn man in´t Sommer noch Heuen und in Winter Schaßel jagen. Ende Juni kamm´n meest dé ersten heeten Dage und man konn dat Gress lossmaien.We hadd´n in dè Holmer Moate Egbrinkhoffs Weiden pacht un Hummert maijde us dé Weiden loss. He ha´ ne Maijmeschine dé van 2 Peere trokken wöa. Met dé Maijmeschine konn man nich achterut föaren, men, wann man dé Kanten loss ha, konn man immer rund föaren. De Kanten mossen met dè Schwaare maijt werden. Mien Bessva vertellde, dat he för´t Heuen fröger in´t Febrik altied freij nommen ha. Hé ha doamoals twee Morgen Gress up´n breeden Platz inne Moate. Dann stönn hé bij´t Hellwerden up un maijde met dè Schwaare bis Mirragens, un dat twee

Dage. De meesten Löder weet nich wuvul een Morgen is. Dat is genau soa vul Land, wat nen guden Maijer in eenen Monnen met de Schwaare maijn kann. Dann göng dat Heuen loss. An`n ersten Dag wöa´t met dè Grepe streid, un dè Bülde vedeelt. An´n twiddn Dag wöa´t met dè Harke wendt, un Oabends dann in kleine Gehnen harkt.. An´n dadden Dag wöa´t s´monn´ns froh noch moal streid und Oavends bi´n anner harkt. Et wöan met dè Harke groate Gehnen harkt un met dè Grepe dé Gehnen too Oppers tesammen schobben. Wann denn Weerbericht schlecht Weer meldt ha, wöan dé Oppers lükk grötter makt. Man sech immer, dat Gress mott een moal van´ne Grund, dat heu´t am besten. Watt mi doamoals besünners upfallen is, mien Bessvare (Opa), de dröag ock bie´t Heuen noch sienen wullenen Bosterock, de ja egentlick för Winterdag dacht is. Wenn man em dann fröag worüm, dann sä he bloas, wat töagen dè Küllte gut is, dat is ock töagen de Wöarmte gut. Menn vedann met't Heuen. Dé Oppers wöan met dè Harke gut anharkt. Dat moß ik altied doon. Wann denn Rägen doan was, of wann´t nich reegent ha , moß man s´monn´ns froh dé Oppers weer straijen. Wann dann dè Sunne denn heelen Dag schiende, konn man et Oabends tesammen maken un Haalen. Men soa löap´t meest nich. Ik weet noch, dat et moal sess Wekke an en Stück Rägenweer was. As dann dè Sunne wer schiende, kröapen de Schniggen ut dè Oppers un binnen in was´t schimmlig. Dor hebbt wi dann dé Schniggen in´n Kolk schmedden, dat schimmelige drut socht ,un in de oale Becke geut. Men we hebbt et dat Joar dann doch noch dröage krägen.Too´t Heuhalen ha wi nen eigenen Ackerwagen met n` Reck drup.Dé hebbt wi van Löhr för wenig Geld kreggen. Denn Akkerwagen ha denn oalen Sundag Stoffel van 'n Staat noa´n ersten Weltkrieg kofft. Et wass nen oalen Munitionswagen. De Speken van dè Rade wadden deelwiese dörrott`t und moßen neij makt werden. Dat heff Rademaker in de Mürstroate för us doan un mien Vader heff dé Rader dann met dè Fietse wer up haalt. Nen eigenen Wagen was bie`t Heuen wall van Vördeel, ümdat Hummert siene Wagens dann jüst sölms brukte. Dat Perd was wall te kriegen. Dann wöa upladen. Miene Moder packte up´n Wagen und ik un mien Broar döan noa harken. Dat Perd, wat wi van Hummert hadden, häät Alma un ha soa siene Alüren. Wann min Vader „Faste Hoalen" too miene Moder säh, dann löap dè Alma al loss. An´t lesste wiesede hé met dè Grepe miene Moder an, dat sè sik faste hoalen soll un sä dann „faste Hoalen". Wann man gut packt ha, dann göng dat heele Heu van dè Weide drup. Boaben dröver kamm dann noch denn Wessboam. De wöa met ne Rulle achtern faste över dat Foar trokken. An dat Tau löat sik miene Moder van´t Foar runner. Dann göng´t noa Hus. Men förher moß dè Alma dat schwoare Foar noch Holmer Moats Brügge in de Höchte trekken. Meest bläf sè up halben Weg stoan, wann´t schwoar göng. Man moß dann „Tschuharr" seggen und met dè Liene up´t Achterpand hauen, dann marschierde sè dè Brügge in´ne höachte. To Huse ankommen wöa dat Foar föar dè Balkendöare bugsiert, dè Alma utspannt un an´n Tuun fastebunden. Min Vader möak dann dè Taue loss, sprüng döar de Balkendöare up´t Foar un döa affstecken. Miene Moder nöam dat Heu an dè Balkendöre an und mien Bessva schmät et dann up´n Balken an Ort un Stelle. Min Broar un Ik moßen dat Heu dann faste trampeln. Woar wi soa an´t affladen wadden, kam dat Harus Hermken up dè Weg vebie und schreide van Wieden: "Trekk´t dè Koh in´t Hahnenholt." joa, dor heff sè dann genoog te fretten. Men moal in Ernst, wel döa dann in´ne 60iger Joaren noch ne Burderej met Twee Keue. Man möak lever in´t Febrik Öaverstunden, spoarde dat Geld, koaffde sik n´ Auto un föarde noa Italien in Vekanzie. Mien Vader un miene Moder hebbt neut Vekanzie makt.

Gehnen=Anhäufung von Heu in langer Reihe

Oppers= Haufen von Heu

Kartoffel sammeln

Im Oktober, wenn die Sonne nur noch ab und zu schien, bekamen wir in der Schule immer frei zum Kartoffel sammeln. Nicht so wie heute, da bekommen die Kinder frei und sammeln gar keine Kartoffeln mehr. Wir hatten immer einen Streifen Land mit Kartoffeln für uns zum Essen und für die Schweine, und die mussten raus. Meist half uns noch eine Nachbarin, Tante Berta. Das war eine Flüchtlingsfrau. Mein Opa half auch mit. Mein Opa und meine Mutter stachen sie mit der Mistgabel aus, und ich, mein Bruder und Tante Berta lasen sie auf. Da habe ich manchmal sehr schöne Kartoffel gefunden. Die eine sah aus wie eine Ente, die andere wie ein Herz und einen Schneemann habe ich auch mal gefunden. Damit das sammeln nicht so langweilig, hat meineMutter mit mir noch das „ein mal eins" geübt. Sie übte mit mir das

„einmal sieben". „Wieviel ist 6 mal 7"
fragte meine Mutter. „Weiß ich nicht"
antwortete ich. „Wieviel ist dann 7
mal 6?" „Zweiundvierzig" antwortete
ich, nämlich das Einmal Sechs konnte
ich schon. „Wieviel ist dann 6 mal 7?"
„ Zweiundvierzig"? antwortete ich.
„Richtig" sagte meine Mutter. Da
hatte ich auch das „Multiplikatoren
Vertauschungsgesetz" drauf. Das kam
viel später in der Schule. Wenn es
dann vier Uhr nachmittags war,
wurde sich ausgeruht und es gab
Kaffee mit einem Butterbrot von
Weißbrot mit Käse und Schwarzbrot
drauf. Das schmeckte uns allen gut.
Als es dunkel wurde, kamen die
Kartoffelsäcke auf den Handwagen
und wir gingen nach Hause.
Manchmal musste man in dem losen
Land noch mit schieben helfen. Zu
Hause angekommen, gab meine
Mutter Tante Betra drei Mark für's
Helfen, aber sie wollte sie nicht
haben, und gab mir die drei Mark.

Aber ich wollte sie auch nicht haben, und wollte sie meiner Mutter wiedergeben. Aber sie wollte sie auch nicht haben. Da habe ich die drei Mark im Vorgarten in die Erde gesteckt. Ich dachte wohl, Geld kann man genauso wie Kartoffeln vermehren. Eine Mark in die Erde stecken und 10 Mark wieder rausholen. Ja das wäre schön, wenn das klappen könnte. Dann müsste ich heute, mit Zins und Zinseszins nach bald 50 Jahre wohl 300 Mark wieder rauholen können. Aber darin habe ich kein Vorteil. Man kann heutzutage ja doch bloss mit Euro bezahlen.

Errappel Gaddern

In Oktober, wann dè Sunne bloaß
noch aff und too schiende, krägen wi
in't Schoole altied freij, too't Errappel
gaddern. Nich soa at Vandage, dor
krieget dé Kinner freij un doo't gar
nich mehr Errappel gaddern. Wi
hadd'n altied n Striepen Land met
Errappel för us to't Etten und för de`
Schwine, un dé mossen drut. Mest
hölp us dann noch nè Noabersche,
Tante Berta. Dat wass ne
Flüchtligsfrau. Mien Bessva(Opa)
hölp ok noch met. Mien Bessva un
miene Moder stöken sè met dè Grepe
ut, mien Broar und Tante Berta un
ik gaddern sè up. Doar hebb ik manks
hel moije Erappel funnen. De eene
sach ut at ne Ante, de andere at 'n
Hettken un nenn Schneemann he'k
ock moal fund'n. Dormet dat Gaddern
nich so langwielig wöa, heff usse
Moder met mi noch dat „ein mal eins"
übt. Sé übte met mi dat "einmal
sieben",„Wieviel ist 6 mal 7?" fröag

miene Moder (Se döa immer Hochdütsch met us Kinner)." Weiß ich nicht"antworte ik. „Wieviel ist dann 7 mal 6". „Zweiundvierzig" antworte ik, nömlik dat Eenmoal Sesse konn ik all.„Wieviel ist dann 6 mal 7?" „ zweiundvierzig?" antworte ik. „richtig" sä miene Moder. Doar ha ik ock glik dat „Multiplikatoren Vertauschungsgesetz" drup. Dat kamm vul later inne Schoole. Wann´t veer Uhr Nomerrags was, wöa sik wat utrösst un et gaff Koffie met ´n Bodderbroad van wittweiden Stuten met Käse un Schwattbroad. Dat schmöak us alle gut. Wann´t dann düster wöa, kamm´n dé Errappelsäcke up dè Trekwaage un wi göngen noa Hus. Manks moss man in dat losse Land noch met schuben helpen. In Huse ankommen, gaff miene Moder Tante Berta dree Mark för´t helpen, menn sé woll sè nich hebben , un gaff mi dé dree Mark. Menn ik woll sè ok nich hebben, un woll sè miene Moder weerdoon. Menn dé woll sè ok nich hebben. Dor heb ik dé dree Mark in´t Höffken in´ne Grund stoppt. Ik dachte wall, Geld kan man net as Errappel vemehren. Eene Mark in´ne Grund stoppen un 10 Mark weer drut kriegen.Joa dat was moij, wann dat klappen konn. Dann moss ik bis Vandage, met Zinsen un Zinseszinsen noa bloale 50 Joare wall dreehunnert Mark wer druthaalen können. Men, doar hebb ik keen Vördel van. Kaas ja Vandage soawisoa doch bloass noch met Euro betaalen.`

Das Pferd läuft immer nach Haus

Ostern war ich in der Kirche. Ich bin mit dem Auto gefahren, weil es regnete und stellte es bei der Kirchschule ab. Nach der Predigt war noch Abendmal und es dauerte ein bischen länger und so ging ich nach der Kirche zu Fuß zu meiner Mutter zum Essen in der Bleichenstraße, wo sie nun wohnt. Nach dem Essen sagte meine Mutter, ich solle noch einen „Frankfurter Kranz" zu meiner Tante in der Süsterstraße bringen. Meine Mutter backt nämlich den „Frankfurter Kranz" mit guter Butter, und davon schmeckt der so gut. Meine Verwandtschaft ist immer ganz versessen darauf. Ich fuhr mit dem Fahrstuhl nach unten, nahm den Frankfurter Kranz mit und setzte ihn auf der Mauer am Eingang. Nun wollte ich das Auto holen, um ihn zu meiner Tante zu bringen. Ich ging zu Fuß zur Kirchschule, setzte mich ins

Auto und fuhr los. Wie es so ging, ich fuhr Richtung hinter der Bahn und stand mit dem Auto vor den Schranken, die waren gerade zu gegangen und machte den Motor aus. Und wie es so war, kam ich beim Warten vor den Schranken zu Verstand und dachte darüber nach was ich hier eigentlich wollte. Da fiel es mir ein, ich sollte doch noch den „Frankfurter Kranz" zu meiner Tante bringen! Also, eben bei der Genossenschaft um den Pudding und wieder zurück gefahren. Der „Frankfurter Kranz" stand noch da, ich lud ihn ein und fuhr in die Süsterstraße zu meiner Tante. In der Süsterstraße waren sie am Baggern und die Straße war mit einer Absperrung gesperrt. Ich nicht lange links, stellte die Absperrung beiseite, bugsierte mich an dem Bagger vorbei auf den Hof meiner Tante und lieferte den „Frankfurter Kranz" ab. Meine Tante meinte noch ich könne nicht einfach die Absperrung zur Seite werfen, aber ich sagte, das ich doch ein „Anliegen" hatte und dann könnte ich das wohl. Beim Rausfahren machte meine Tante die Absperrung wieder zu, und ich fuhr, diesmal auf rechtem Weg, nach Hause. So ist es manchmal, was man nicht im Kopf hat muss man in den Beinen(Auto) haben.

Dat Perd löpp altied noa Hus

Poaschen wass ik in'ne Kerke. Ik bin met't Auto föard, ümdat et rängde, un stellde et bi de Kerkschoole aff. Noa de Präget wass noch Oabendmoal un et durde n'betken länger un soa göng ik noa de Kerke te Foote noa miene Moder hen Etten in'ne Bleekenstroate, woar sé nu wonnt. Noa't Etten sä miene Moder, ik soll noch efkes nen "Frankfurter Kranz" noa miene Tante in'ne Süsterstroate brengen. Mien Moder backt nöamlik denn "Frankfurter Kranz" met gute Botter, un dorvan schmaakt dé soa gut. Miene Vewandtschupp is de altied heel vesetten up. Ik förde met'n Fahrstuhl noa unnen, nöam denn "Frankfurter Kranz" met, un setde em up de Reije unnen bi'n Ingang. Nu woll dat Auto halen, üm em noa miene Tante hen te brengen. Ik göng te Foote noa de Kerkschoole un setde mi in't Auto un förde loss. Un wu't soa göng, ik förde Richtung achter de Bahne un stönn met´t Auto för de Schranken, dé wadden jüst too goan,un ik möak denn Motor ut. Un wut´d soa wass, kamm ik bi´t woachten vör de Schranken too Vestand un dachte doröver noa, wat ik egentlik   hier woll. Dor fööl´t mie in, ik soll doch noch denn "Frankfurter Kranz" noa mien Tante brengen! Also, efkes bi de Genossenschaft üm´n Pudding un weer trügge geföört. Denn "Frankfurter Kranz" stonn de noch, un ik laade em in, un förde in´ne Süsterstroate noa miene Tante. Inn´ne Süsterstroate wadden se an´t Baggern un de Stroate wass met´n Hekk affsperrt. Ik nich lange links, schmäät dat Hekk an´ne Site, bugsierte mi an denn Bagger verbie up´n Hoff van mien Tante, un levverde denn "Frankfurter Kranz" aff. Mien Tante mände noch, ik konn dor ja nich eenfach dat Hekk an´ne

Site schmieten, men ik sä, dat ik doch 'n "Anliegen" ha, un dann konn ik dat wall. Bi't rutföören möak mien Tante dat Hekk wer dichte, un ik förde, dütmoal up rechten Pad, noa Hus. Soa is't manks, wat man nich in'n Kopp heff, moatt man in'ne Beene (Auto) hebben.

Mein Opa

Mein Opa war mir der Beste. Er hat mir meinen Führerschein bezahlt und hat mir auch ein Auto gekauft. Einen gelben Ford Escort für 6800 Mark. Und als ich mal einen Unfall hatte, bezahlte er die Reparatur auch noch. Er hat uns auch in der Familie gut unterstützt, wenn wir ums Haus pflastern wollten oder einen neuen Zaun brauchten. Er hatte zwei Renten. Die normale Altersrente und die Kriegsversehrten Rente. Im ersten Weltkrieg war er Kanonier. Dabei sind ihm beide Trommelfelle geplatzt und war taub. Er hat bis 70 in der Fabrik gearbeitet. Dann haben sie ihn gekündigt und er musste zu Hause bleiben. Mitunter war es schwierig ihn was zu erzählen, aber ich konnte ihm alles in Begriff kriegen. Das Plattdeutsche konnte er mir vom Mund ablesen und wir hatten eine Tafel, wo wir ihm schwierige Wörter aufschreiben konnten. Im Studium hat er mich auch unterstützt, als die Regelstudienzeit abgelaufen war und ich kein Bäfög mehr bekam. Ich habe das Studium mit seiner Hilfe dann geschafft. Am Monatsende holte er sich seine Rente immer bar von der Post ab. Er war auch immer an der Politik interessiert und las die Grafschafter Nachrichten von vorne bis hinten durch. Sonntags ging er mit Hagen Gertken immer spazieren. Das Hagen Gertken war auch Kriegsversehrt und trug einen Ortopädischen Schuh.. Auf dem Weg lagen zahlreiche Kneipen und sie tranken sich dann zwei Korn, denn auf ein Bein kann man nicht stehen. Der Korn kostete Zwanzig Pfennig und war bezahlbar. Sie gingen die Ohner Straße entlang und die erste Kneipe war Tibbe. Dann gingen sie zum runden Bült. Da war auch noch ein Lokal. Sie liefen übern Berg nach Bentheim. Da wurde Steenweg angesteuert. Auf dem Rückweg gingen sie die Schüttorfer Straße entlang zur Waldruh. Da gabs auch noch zwei Korn. Kurz hinter dem Ortsschild von Schüttorf war Puring. Da kehrten sie auch noch ein und am Schluß gingen sie zu Wensing hinter der Bahn. Als er dann wieder zu Hause war, schimpfte meine Oma ihn aus. „Du bis ja total besoppen" aber er meinte nur „Ik hepp men Tweje had", aber wo sie alle gewesen waren, das verschwieg er.

Herstellung und Verlag:
BoD - Books on Demand, Norderstedt
ISBN 978-3-7526-0605-8